मार से नहीं, प्यार से

(बाल-किशोर लघु नाटक संग्रह)

मार से नहीं, प्यार से

(बाल किशोर लघु नाटक संग्रह)

सुभाष वसिष्ठ

लिटिल बर्ड पब्लिकेशंस

लिटिल बर्ड पब्लिकेशंस

I.S.B.N # 978-93-6306-088-3
4637/20, शॉप नं.-एफ-5, प्रथम तल, हरि सदन,
अंसारी रोड, दरियागंज, नई दिल्ली-110002
मो.: 9968288050, 9911866239
ई-मेल: littlebirdinfo21@gmail.com

प्रथम संस्करण : 2025

आवरण चित्र : दीपक शुना
मुद्रक : क्लासिक प्रिंटर्स, दिल्ली

Maar Se Nahin, Pyaar Se
by Subhash Vasishtha

नाट्य शास्त्र प्रणेता

भरत मुनि

को

समर्पित...

सरोकार पथ

प्रत्येक मनुष्य अपने बचपन में माँ से लोरियाँ सुनकर संगीत से अपना नाता जोड़ लेता है। दादी-नानी से कहानी सुनने और यथा-अवसर कहने के अन्तरंग सम्बन्ध को अजाने ही अपनी गाँठ में सुरक्षित रख लेता है। लेकिन इन सबके बहुत नीचे अथवा इन सबसे ऊपर, बचपन की नितान्त अबोध अवस्था से ही नाटक करने अथवा अभिनय करने की कला को प्रत्यक्ष-परोक्ष रूप में अपने जीवन के धागे में पिरो ही लेता है। वस्तुतः श्रवण से कहीं अधिक प्रभावी, कला माध्यम, दृश्य माध्यम होता है। बड़े होकर तो मनुष्य अपनी प्रकृति और व्यक्तित्व को परिपक्वता प्रदान कर ही देता है, परन्तु बचपन में दृश्य माध्यम—नाटक का कोई भी रूप, उसके मन-मस्तिष्क पर ऐसा प्रभाव डालता है कि बहुधा वह बहुत सीमा तक जीवन-पर्यन्त रहकर उसके व्यक्तित्व की निर्मिति में महत्वपूर्ण व उल्लेखनीय भूमिका का निर्वहन करता है।

प्रस्तुत संग्रह 'मार से नहीं प्यार से' में बालक/बालिका केन्द्रित लघु नाटक इस ही उद्देश्य से मेरे सृजन अस्तित्व में आये हैं कि वे प्रत्यक्ष-अप्रत्यक्ष रूप में उनके मन-मस्तिष्क पर अपेक्षित प्रभाव डाल सकें और वे आवश्यक सामाजिक सरोकारों से जुड़कर सोद्देश्य व उपयोगी जीवन जी सकने हेतु समुचित दिशा व पथ प्राप्त कर सकें।

मुझे पूरी आशा है कि नाट्य संस्थाओं और सामान्य पाठक के साथ-साथ, बालक-बालिकाओं, छात्र-छात्राओं को ही नहीं बल्कि विद्या-संस्थानों के शिक्षक व शिक्षिकाओं को भी न केवल ये नाटक पढ़ने में पसन्द आयेंगे बल्कि वे अपनी-अपनी क्षमताओं के अनुसार इन नाटकों का श्रेष्ठ मंचन भी कर सकेंगे, जिन्हें दर्शकों की भूरि-भूरि प्रशंसा मिलेगी।

मेरी हार्दिक शुभकामनाएँ!

19 जुलाई, 2024, नई दिल्ली

—सुभाष वसिष्ठ

अनुक्रम

हम भी पढ़िहैं?

पात्र-परिचय

लकी : मध्यवर्ग की लगभग तेरह वर्ष की स्कूल में पढ़ने वाली एक लड़की।

दादा जी : लकी के दादा जी। मध्यवर्ग के लगभग पैंसठ-सत्तर वर्ष की आयु के व्यक्ति जो नौकरी से सेवानिवृत्त हो चुके हैं।

श्यामा : घर पर नौकरानी के रूप में काम करने वाली लगभग बारह वर्ष की एक लड़की।

❖

(मंच पर मध्यवर्गीय व्यक्ति के मकान के एक रहने वाले कमरे (लिविंग रूम) का सैट लगा हुआ है। कमरे में एक ओर दादा जी अख़बार पढ़ने में व्यस्त हैं, दूसरी ओर लकी स्कूल का अपना होम-वर्क कर रही है। मेज़ पर साइंस की एक पुस्तक खुली पड़ी है। लकी मेज़ पर आधी झुकी हुई अपनी कापी में कुछ लिख रही है। बराबर की कुर्सी पर उसका स्कूल-बैग खुला हुआ पड़ा है।)

लकी : *(काम करते-करते रुक कर)* दादा जी!

दादा जी : हाँ, बिटिया।

लकी : कल मेरा मैथ्स का टेस्ट है। आप एक काम कर सकते हैं?

दादा जी : क्या?

लकी : ज्योमैट्री के लिए मेरा कुछ सामान ले आइये, तब तक मैं साइंस का होम-वर्क फ़िनिश कर लेती हूँ।

दादा जी : और दूध?...दूध कौन लायेगा?

लकी : अच्छा,...छोड़िये...। मैं ही ले आऊँगी।

(लकी फिर अपने काम में खो जाती है। कुछ क्षण के बाद..)

लकी : दादा जी, श्यामा से मँगवा लूँ?

दादा जी : तू ही जान। कुछ गड़बड़-शड़बड़ की तो मुझसे न कहना।

लकी : गड़बड़ क्या करेगी? *(श्यामा को पुकारते हुए)*...श्यामा!

(श्यामा रसोई में बर्तन माँज रही है। बर्तनों की खनखनाहट पृष्ठभूमि में आती है। श्यामा सुन नहीं पाती है।)

लकी : *(थोड़ा ऊँचे स्वर में)* श्यामा!...सुना नहीं?

(लगभग बारह वर्ष की एक लड़की मंच के दायें विंग से दाख़िल होकर दरवाज़े के पास आ जाती है। वह सलवार-कमीज पहने हुए है। सलवार के दोनों पायचों को थोड़ा ऊपर उठाकर अपने कमर में सलवार के नाड़े में खौंस रखा है। उसके ऊपर कमीज़ आयी हुई है। हाथ बर्तन माँजने वाले साबुन से सने हुए हैं। वह दोनों हाथों को ऊपर की ओर उठाकर और सँभालती

हुई उसी हालत में कमरे के भीतरी दरवाज़े के पास आकर खड़ी हो जाती है।)

श्यामा : नाहीं।

लकी : क्या?

श्यामा : हाँ, नाहीं सुने हम। बताओ का बात है?

लकी : तेरा काम ख़त्म हो गया?

श्यामा : हाँ बस, ई हाथ धोना बाकी है।

लकी : तो जा पहले हाथ धोकर आ।

(श्यामा हाथ धोकर लौटती है।)

श्यामा : हाँ, अब बताओ, का बात है?

लकी : मेरा कुछ सामान मार्केट से ले आ।

श्यामा : और देरी हुई गयी तौ! ऊ....दुई सौ तीन वाली, हमका फटकार लगायेगी, तो ऊ कउन भुगति हैं? ना दीदी, हमका माफी दइ दो।

लकी : तो ठीक है, तेरी चॉकलेट का चांस गया।

श्यामा : *(प्रसन्नता के साथ)* का...! चाकलेट लाना है...?...तो अइसन बोलो न। लाओ पइसा।

लकी : दादा जी, श्यामा को पैसे दे दीजिये प्लीज़।

(दादा जी श्यामा को रुपये देते हैं।)

श्यामा : *(जाने को उद्यत)* सब पइसा का चाकलेट?

लकी : अरे नहीं, पूरी बात तो सुन। एक पेन्सिल, एक कम्पास, और एक शार्पनर।

श्यामा : और चाकलेट?

लकी : हाँ, वो भी।...ध्यान रहेगा न? क्या-क्या लायेगी?

श्यामा : हमका सब ध्यान मा है। मूरख नाहीं हैं हम। हाँऽऽ!

लकी : तो बता?

श्यामा : आप बताये रहे। एक ठो पिन्सल अउर...ए बी सी डी...अउर...कपास...अउर...। मरे...! दीदी...! ए...ए कपास का करिहौं?...सूत कातिहौ का?

(दादा जी श्यामा के अन्तिम वाक्य को सुनकर हँस पड़ते हैं। लकी को झुँझलाहट होती है।)

लकी : ओफ़्फ़ोह! कपास नहीं कम्पास और ए बी सी डी नहीं, डी। लगता है तू सब गड़बड़ कर देगी।...ये ले, तुझे लिखकर दे देती हूँ। *(एक क़ागज़ पर लिखते हुए)* एक पेन्सिल, एक डी, एक कम्पास और एक शार्पनर।... ये ले।...और लाते समय इस लिस्ट से मिलाकर देख लेना। समझी?

(लिस्ट श्यामा को थमा देती है।)

श्यामा : का?...ई क़ागज़ से मिलान करके?

लकी : हाँ।

श्यामा : लेकिन...हम कइसे कर सकत हैं?

लकी : क्यों?...इसमें क्या दिक़्क़त है?

श्यामा : पढ़ नाहीं सकत हम।

दादा जी : लकी बिटिया, ये पढ़ना-लिखना नहीं जानती।

लकी : *(चौंकते हुए)* क्या!

दादा जी : हाँ।

लकी : ए श्यामा, इतनी बड़ी हो गयी, तूने स्कूल से कुछ नहीं सीखा?...मन नहीं लगता पढ़ाई में?

श्यामा : इस्कूल! कउन इस्कूल!! हम तो इस्कूल का दरवज्जा भी नाहीं देखे हैं कभी।

लकी : क्या?

श्यामा : हाँ।

लकी : तू स्कूल नहीं जाती?

श्यामा : नाहीं।

लकी : मैंने जो ये लिखा है, तू इसे पढ़ नहीं सकती?

श्यामा : नाहीं।

लकी : तू कुछ लिख भी नहीं सकती?

श्यामा : नाहीं।

लकी : इसका मतलब है...पापा को चिट्ठी भी नहीं लिख सकती?

श्यामा : नाहीं।

लकी : उनकी चिट्ठी पढ़ भी नहीं सकती?

श्यामा : नाहीं।

लकी : माइ गॉड!...बेचारी...! तू स्कूल में एडमिशन क्यों नहीं लेती? मेरा मतलब है...पढ़ने के लिए स्कूल क्यों नहीं जाती?

श्यामा : एक बार बोले रहे हम अम्मा से। अम्मा...,सानदार टाई-टूय पहन के, हमार जी भी करत है इस्कूल जाये

का। भेज देयो ना! अम्मा बोलीं...उ माँ बहुत पइसे लागत हैं। *(हताश स्वर में)* हमार नसीब कहाँ, जो तोका इस्कूल मा पढ़ाय सकें!

लकी : दादा जी, सुना आपने?...देखिये....देखिये...कैसे भी हो...अं...अं...श्यामा का स्कूल में एडमिशन करा दीजिये।

दादा जी : हाँ, हाँ, देखेंगे...देखेंगे।

श्यामा : लेकिन दीदी, हमार हिस्से का काम कउन करिहै?...ऐं?...हमार अम्मा? *(खिलखिला पड़ती है।)*

लकी : हाँ, ये बात तो है। *(कुछ सोचती हुई)* अच्छा, तू ये लिस्ट मुझे दे। एक किताब का नाम लिखे देती हूँ। वो भी ले आना। कल से मैं तुझे यहीं, घर में पढ़ाया करूँगी।

श्यामा : (हँसती हुई) आप मास्टरनी जी हो का?

दादा जी : किताब बाद में देखेंगे। श्यामा, तू पहले लकी का ये सामान ले आ।....जा!

(श्यामा का प्रस्थान)

लकी : बाद में क्यों दादा जी?

दादा जी : फ़िलहाल तू होम-वर्क निबटा। कल तेरा टेस्ट है। उसकी तैयारी कर।

लकी : पर बताइये तो दादा जी, अभी क्यों नहीं?

दादा जी : बिटिया तू अपना काम कर। इन चक्करों में मत पड़।

लकी : लेकिन इसमें हर्ज़ ही क्या है? मेरा कुछ नुकसान नहीं होगा।

दादा जी : बेटा, ये सब भाग्य की बात है।

लकी : इसमें भाग्य कहाँ से आ गया? उसकी अम्मा के पास इतने पैसे नहीं कि श्यामा का स्कूल में एडमिशन करा सके। बस।

दादा जी : अगर दो-चार अक्षर ये पढ़ भी गयी फिर भी माँजना तो इसे बर्तन ही है ना? क्या फ़ायदा?

लकी : अपने पापा को चिट्ठी तो लिख सकेगी न?

दादा जी : ओफ़्फ़ोह! लकी, तुम तो बहस करने लगती हो।...ये छोटी जात के लोग हैं। ये इसी क़ाबिल हैं।

लकी : छोटी जात के?

दादा जी : हाँ, बिटिया।

लकी : छोटी जात के इसीलिए हैं न, क्योंकि इनके पास पैसे नहीं हैं? और इसीलिए इस क़ाबिल हैं कि इनको पढ़ाया न जाये?

दादा जी : बिटिया, तू नहीं समझती। अगर ये पढ़-लिख गये, तो मुँहजोर हो जायेंगे। हमारी बराबरी करने लगेंगे।...क्या तू बर्दाश्त कर पायेगी इन छोटे लोगों का बदतमीज़ होना?

लकी : आपका मतलब है...कि...पढ़-लिख जाने से कोई बदतमीज़ हो जाता है। क्या मैं...मैं...बदतमीज़ हूँ?

दादा जी : ओफ़्फ़ोह! लकी, छोड़ इसे। तू बात को कहाँ से कहाँ ले गयी।

लकी : तो फिर आप क्यों इन्हें बार-बार छोटी जात का कह रहे हैं? और...और...क्यों चाहते हैं आप कि ये छोटे ही बने रहें? अनपढ़, जाहिल, गँवार, लाइक ए बिग फूल?

दादा जी : लकी, तू अभी कुछ ठीक से समझ नहीं पा रही है।

लकी : नहीं, बिल्कुल ठीक समझ रही हूँ मैं। असल में आप चाहते ही नहीं कि श्यामा पढ़े। इसीलिए...इसीलिए कि अगर पढ़-लिख गयी तो आपके बर्तन कौन माँजेगा।

दादा जी : क्या?

लकी : हाँ, मैं नहीं मानती कि वो पढ़-लिखकर बदतमीज़ हो जायेगी।...सच में दादा जी...कितने सैल्फिश...!

(लकी दादा जी की तरफ़ से अपना ध्यान हटाकर और थोड़ी-सी रुष्ट होकर अपना काम करने लगती है।)

दादा जी : *(सोच-विचार की मुद्रा। फिर इस भाव की अभिव्यक्ति चेहरे पर आती है कि जैसे कोई निर्णय ले लिया हो)* बस...बस बिटिया! सच कहा तूने...कितना स्वार्थी हूँ मैं!

(श्यामा का तेज़ी से आगमन)

श्यामा : लो लकी दीदी, ई है आपका सामान। हम जात हैं अब, नाहीं तो अ...दुह सौ तीन वाली बहुत फटकार लगायेगी। हाँ!

(जाने लगती है।)

दादा जी : श्यामा, एक काम और करती जा। ये ले पैसे और अपने पढ़ने के लिए एक किताब भी ले आ।

लकी : *(दादा जी की ओर ध्यान देते हुए तथा खुश होकर)* सच दादा जी!...आपने मेरी बात मान ली?

दादा जी : अरे बिटिया, तेरी बात नहीं मानूँगा तो किसकी मानूँगा!

श्यामा : तौ....हम भी पढ़िहैं?! अब? *(खुश होकर)*...अह्हा!

दादा जी : हाँ। कल से ही।...और पढ़-लिखकर बहुत बड़ी हो जा।

श्यामा : *(लकी से खुश होकर हाथ जोड़ते हुए)* नमस्ते मास्टरनी जी!

लकी : *(प्रसन्नता के साथ)* चल हट पगली!

(लाइट्स ऑफ़)

(पटाक्षेप)

सही राह

पात्र-परिचय

मनु	:	**मध्यवर्ग का लगभग चौदह वर्ष का स्कूल में पढ़ने वाला एक लड़का।**
दादा जी	:	**मनु के दादा जी। मध्यवर्ग के लगभग पैंसठ-सत्तर वर्ष की आयु के व्यक्ति जो नौकरी से सेवानिवृत्त हो चुके हैं।**
गोपाल	:	**लगभग चौदह साल की आयु का, गाँव से शहर भागकर आया एक लड़का, जो परिस्थितिवश भीख माँगने और बाद में अफ़ीम, चरस आदि के स्मगलिंग-धंधे में फँस जाता है।**
अन्य	:	**पुलिस इंस्पेक्टर और एक सिपाही।**

❖

(मध्यवर्गीय व्यक्ति के घर का लिविंग रूम। मनु स्कूल का काम कर रहा है। तभी दरवाज़े पर कॉल-बैल बजती है। मनु, "कौन है?" पुकारता हुआ दरवाज़े की चटकनी खोलता है। इससे पहले कि मनु दरवाज़ा खोलता, उसे दरवाज़े का जोर से धक्का लगता है। मनु फर्श पर चित्त गिर पड़ता है। दरवाज़ा तेज़ी से खुलता है और खुलने की गति से भी दुगुनी गति

से बन्द हो जाता है। मनु का हमउम्र एक लड़का जो दरवाज़े को धक्का देकर भीतर दाख़िल हुआ था, बड़ी तेज़ी से एक हाथ से चटकनी बन्द कर देता है और दूसरे हाथ से जेब से छुरा निकालकर ठीक मनु के मुँह के सामने बटन दबाकर खोल देता है। मनु के मुँह से स्वतः चीख निकल जाती है।)

लड़का : *(धमकाते हुए)* चोऽप्प! ज़रा-सी भी आवाज़ निकाली तो पेट में घुसेड़ दूँगा।

(मनु की चीख निकलने पर भीतरी कमरे से दादा जी की ऊँची आवाज़ आती है।)

कौन है?...क्या बात है मनु?

(मनु इस अप्रत्याशित घटना से आतंकित है।)

लड़का : *(दाँत भींचकर और डराकर फुसफुसाते हुए मनु से)* बोल कि सब ठीक है!

(दादा जी भीतर से ही दुबारा पूछते हैं।)

दादा जी : क्या बात है बेटे?

मनु : *(सहमता हुआ)* कुछ नहीं दादा जी!

दादा जी : *(नेपथ्य से)* अच्छाऽ! काम पूरा हो जाये तो इधर आना।

(लड़का छुरा बन्द करके पस्त-सा होकर सोफ़े पर अधलेटा हो जाता है। मनु धीरे-धीरे उठता है। लड़के को देखता है। ध्यान से देखता है उसका चेहरा। एकटक। मनु के चेहरे पर पहचान के चिह्न उभरते हैं। धीरे-धीरे चेहरा खिल उठता है। पूरा पहचान लेने पर उसके मुँह से फूट पड़ता है... ।)

मनु : अरे...! गोपाल...तू!

गोपाल : कौन गोपाल? *(लड़खड़ाती ज़बान से)* मैं कोई गोपाल-वोपाल नहीं।...लेकिन तू कौन है?

मनु : *(भावात्मक स्वर में)* मैं...?...मुझे नहीं पहचाना?...मैं मनु। ...गोपाल, तेरा मनु। आम तोड़ने वाला तेरा पार्टनर।

गोपाल : *(सहज भोलेपन और भावुकता के साथ)* हैं! नहीं नहीं...हाँ ...हाँ...। तू...तू...यहाँ?...यहाँ रहता है तू?

मनु : हाँ ऽ! मैं और मेरे दादा जी।

गोपाल : वो दादा जी की आवाज़ थी?

मनु : हाँ। लेकिन...ये छुरा...ये जबरदस्ती तेरा अन्दर घुसना.... क्या है ये सब? चोरी करके भागा है क्या?

गोपाल : उसे छोड़। तू बता, क्या हाल है तेरा?

मनु : हाल तो ठीक है। लेकिन साफ़-साफ़ बता चक्कर क्या है?

गोपाल : बोला न, छोड़ उसे। तू कौन-सी क्लास में पढ़ता है?

मनु : नाइन्थ में।...ए गोपाल, तू अब भी मलखा की बगिया में आम तोड़ने जाता है?...तुझे याद है न वो उत्तर वाला पेड़?

गोपाल : *(मनु की बातों में बहकर)* हाँऽ! वो मैना...की कोटर।

मनु : उस दिन, जब मैना दाना लेने उड़ गयी थी, तो हम दोनों पहुँचे थे न...चीं...चीं...करते हुए उसके बच्चों के पास।

गोपाल : ...और बच्चा चुराने के लिए जैसे ही तूने कोटर में हाथ

डाला था तो न जाने कहाँ से तेज़ी से मैना ने आकर झपट्टा मारा था।

मनु : ...और मैं हड़बड़ाकर जैसे ही पेड़ के तने से नीचे गिरने को हुआ कि तूने हाथ पकड़कर मुझे थाम लिया था। मैं लटका हुआ था। लग रहा था कि अब गिरा, तब गिरा, अब मरा, तब मरा।...डर के मारे बेहोश...!

गोपाल : *(थोड़ा गम्भीर होकर)* हाँ, सब याद है।

मनु : मैं तो उस दिन के बाद गाँव भी नहीं जा सका। नानी के मरने के बाद वहाँ था ही कौन?

गोपाल : मैं भी नहीं जा सका।

मनु : क्या मतलब?

गोपाल : *(अत्यन्त भाव विह्वल होकर)* हाँ मनु। उस दिन चौधरी मलखान सिंह ने अपनी बगिया से आम चुराने और तुझे जान से मारने के इरादे के जुर्म में, मुझे पुलिस को दे दिया। मैं बहुत चीखा-चिल्लाया था, रोया-गिड़गिड़ाया था, लेकिन मेरी किसी ने न सुनी। तीसरे दिन मौका पाकर हवालात से भाग निकला। माँ की पिटाई के डर से घर न जाकर शहर आ गया। इस बड़े शहर में।

मनु : तो तू तब से...!

गोपाल : यहाँ आते ही मैकू दादा के कब्जे में फँस गया। साल-भर तक भीख माँगी।

मनु : जस्सो मामी कैसी है?

गोपाल : सुना है कि मर गयी।

मनु : क्या?...तेरी भी माँ...

गोपाल : हाँ।

मनु : माइ गॉड। ....तेरी पढ़ाई?

गोपाल : *(मनु की बात को काटते हुए)* तुझे मालूम है मनु, मैं क्या धंधा करता हूँ।

मनु : क्या?....तू भीख माँगता है?

गोपाल : अब नहीं। अब तो धंधा करता हूँ।

मनु : बहुत बढ़िया। अभी से धंधा करने लगा? वाह! क्या बात है!...क्या धंधा करता है?

गोपाल : अफीम, चरस, स्मैक की स्मगलिंग।

मनु : *(आश्चर्य से)* क्या?!

गोपाल : हाँ...। रोटी की ख़ातिर...उसी रोटी की ख़ातिर।

मनु : स्मगलिंग करता है रोटी की ख़ातिर? नहीं, झूठ बोलता है तू। धोखा है तेरा ये।...रोटी मेहनत करके भी तो कमाई जा सकती है।

गोपाल : कहना आसान है यार।

मनु : गोपाल छोड़ दे इस रास्ते को। तू मेरा यार है।...और मेरा यार चोर-स्मगलर नहीं हो सकता।

गोपाल : लेकिन, मैकू दादा? वो नहीं छोड़ेगा मुझे। मार-मार के मेरा भुरकस निकाल देगा।

(तभी दरवाज़े पर जल्दी-जल्दी दो-तीन बार कॉल-बैल बजती है गोपाल चौंक जाता है।)

गोपाल : *(सहमकर फुसफुसाते हुए)* पुलिस।

मनु : पुलिस?

गोपाल : *(धीरे स्वर में)* धीरे बोल। पुलिस मेरे पीछे पड़ी हुई है। छुपा दे मुझे कहीं।

दादा जी : *(भीतरी कमरे से)* कौन है मनु? *(कोई जवाब न पाकर)* क्या कर रहा है रे?...मैं ही आता हूँ।

(मनु दरवाज़े की ओर जाने लगता है।)

गोपाल : देख मनु, दरवाज़ा खोलने की कोशिश मत करना *(हाथ में लगे चाकू को खोलते हुए)* वरना एक ही बार में काम तमाम कर दूँगा। समझा।

मनु : तू मुझे मारेगा? जिसे एक दिन बचाया था उसे?

गोपाल : हाँ, अपने बचने को मैं कुछ भी कर सकता हूँ।

मनु : लेकिन ऐसे बच कहाँ पायेगा तू? मैं पुलिस अंकल से कहूँगा कि तुझे बचा लें। छोड़ दें तुझे। मुझे यक़ीन है कि मेरी रिक्वेस्ट वो ज़रूर मान लेंगे।

गोपाल : सच में ऐसा हो सकता है क्या?...कभी नहीं।

मनु : क्यों नहीं।...अगर तू क़सम खाये कि आगे से फिर कभी इस चक्कर में नहीं पड़ेगा तो...।

गोपाल : *(भरे हुए कण्ठ से)* मनु, मुझे कुछ समझ नहीं आ रहा है कि मैं क्या करूँ!

मनु : तू मेरा यार है न?

गोपाल : हाँ।

मनु : मुझसे प्यार करता है न?

गोपाल : हाँ।

मनु : तो अपने प्यार और इस यार की क़सम खाकर वादा कर कि तू फिर कभी ग़लत रास्ते पे नहीं जायेगा।

गोपाल : मुझे कुछ समझ नहीं आ रहा।

मनु : वादा कर।

गोपाल : काश!

मनु : वादा कर वादा, बस।

(तभी कॉल-बैल जल्दी-जल्दी बजती है। लिविंग रूम के भीतरी दरवाज़े से दादा जी दाख़िल होते हैं। आते ही मनु और सामने खड़े गोपाल को देखते हैं जिसके हाथ में खुला हुआ छुरा है। देखते ही अचरज से भर जाते हैं।)

दादा जी : हैं!...मनु...!

मनु : दादा जी, ये मेरा दोस्त है।

दादा जी : नंगा छुरा हाथ में लिये एक गुण्डा?...दोस्त?

मनु : गुण्डा था, अब नहीं है। इसने मेरी क़सम खाकर स्मगलिंग छोड़ दी है। अभी-अभी।

दादा जी : ओह, तो इसके साथ खुसर-पुसर हो रही थी। जो भी हो, पहले मैं देखता हूँ कि कौन आया है? फिर पुलिस बुलाता हूँ।

मनु : बाहर पुलिस ही होगी। यह फ़रार है। पुलिस इसके पीछे पड़ी हुई है।

दादा जी : तब तो और भी ठीक है। इसको वो मार पिलवाऊँगा कि ये भी याद रखे।

मनु : दादा जी, ये नानी के गाँव वाली अपनी जस्सो मामी का लड़का है...गोपाल।

गोपाल : हाँ, दादा जी।...मेरी और मनु की पट्टी एक दिन ही पुजी थी हरिया गुरुजी की पटिया पर।...लेकिन इन छह-सात सालों में ये शहर में आके इतना पढ़ गया और मैं, बखत का मारा, पड़ गया खराब धंधों में।

दादा जी : तो...?

मनु : प्लीज़ दादा जी।

दादा जी : क़ानून तो क़ानून है।

मनु : आप माफ़ी के लिए रिक्वेस्ट तो कर ही सकते हैं न।. ..प्लीज़ दादा जी, आपको प्यार की कसम!

दादा जी : अच्छा बाबा...अच्छा! मैं ज़रूर रिक्वेस्ट करूँगा।... कहूँगा कि हमारे मनु के दोस्त गोपाल ने सब ग़लत धंधे छोड़ दिये हैं। वो अब बस एक प्यारा बच्चा है, जो अच्छी और सही राह पर चलने के लिए तैयार है।. ...खुश!

मनु : दादा जी, आप कितने अच्छे हैं...।

गोपाल : *(भावुक होकर)* काश! मुझे किसी ने पहले ऐसी सही राह दिखाई होती!

(दादा जी दरवाज़ा खोलते हैं। एक पुलिस इंस्पेक्टर और एक सिपाही अंदर दाखिल होते हैं। दादा जी गोपाल के हाथ से छुरा लेकर पुलिस को सौंपते हैं। गोपाल को भी पुलिस की ओर जाने का इशारा करते हैं। गोपाल पुलिस के साथ बाहर की ओर जाता है। मनु आगे बढ़कर गोपाल के दोनों हाथ अपने हाथ में ले लेता है। दोनों गले मिलते हैं। गोपाल दादा जी के

पैर छूता है। दादा जी गोपाल को आशीर्वाद देते हैं। पुलिस गोपाल को लेकर बाहर चली जाती है। मनु विदाई का हाथ हिलाता है।)

(ऊपर की ये तमाम क्रियाएँ माइम—बिना सम्वाद/आवाज—में होती हैं। इन माइम क्रियाओं के प्रारम्भ होने से लेकर अन्त तक, प्रकाश क्रमशः डिम/कम होता जाता है और अन्ततः प्रकाश समाप्त हो जाता है।)

(लाइट्स ऑफ़)

(पटाक्षेप)

शुभ अशुभ

पात्र-परिचय

लकी : **मध्यवर्ग की लगभग तेरह वर्ष की स्कूल में पढ़ने वाली एक लड़की।**

दादा जी : **लकी के दादा जी। मध्यवर्ग के लगभग पैंसठ-सत्तर वर्ष की आयु के व्यक्ति जो नौकरी से सेवानिवृत्त हो चुके हैं।**

❖

(मध्यवर्गीय परिवार का लिविंग रूम। चारपाई, सोफ़ा, मेज़, कुर्सी यथा आवश्यक सामान रखे हुए हैं। लकी कुर्सी पर बैठी हुई एक पुस्तक पढ़ने में व्यस्त है। दादा जी अख़बार पढ़ रहे हैं।)

दादा जी : लकी!

लकी : हाँ दादा जी, कहिये!

दादा जी : बिटिया, कल दीवाली है। दीपक, मोमबत्ती और पटाखे-फुलझड़ियाँ नहीं लायेगी क्या?

लकी : ज़रूर लाऊँगी।

दादा जी : तो पूजा के लिए लक्ष्मी-गणेश की मूर्तियाँ भी लेते आना।

लकी : *(किताब को पढ़ते हुए ही)* अच्छा दादा जी।

दादा जी : ये...ले...पैसे।

(पैसे निकालने के लिए हाथ जेब में डालते हैं।)

लकी : दादा जी, मैं पड़ोस की अन्नू आंटी के साथ जाकर ले आऊँ?

(जेब से पैसे नहीं निकाल पाते।)

दादा जी : नहीं बिटिया।

लकी : क्यों?

दादा जी : बिटिया, तेरे माँ-बाप के बाद तू ही तो मेरा एक सहारा है। तुझे मैं पूजा की मूर्तियाँ ख़रीदने के लिए तेरी अन्नू आंटी के साथ कैसे भेज सकता हूँ?

लकी : लेकिन क्यों नहीं?

दादा जी : बिटिया, तेरे अंकल होते तो बात दूसरी थी।

लकी : तो क्या हुआ?

दादा जी : वो एक...ख़ैर...छोड़, तू नहीं समझेगी ये सब।

लकी : आप बताइये तो।

दादा जी : बिटिया, तू बहुत छोटी है।

लकी : नहीं, आपको बताना ही होगा।

दादा जी : तो सुन। तेरी अन्नू आंटी विधवा है।...और विधवा के हाथों मूर्तियाँ घर पर लाना अशुभ होता है।

लकी : अशुभ क्यों?

दादा जी : बिटिया...ये बातें बरसों से चली आयी हैं। आख़िर परम्परा को भी तो मानना ही पड़ता है न?

लकी : क्यों मानना पड़ता है? ज़रूरी है क्या?

दादा जी : ज़रूरी की बात नहीं। परम्परा की बात है। ये समाज की बातें हैं। जाने कब से चली आ रही हैं। मानना ही पड़ता है। ख़ैर...तू छोड़...तू नहीं समझेगी।

लकी : मैं नहीं मानती। *(रूठ जाती है। गुस्से में आ जाती है।)*...मैं इस घर से ही जा रही हूँ।

दादा जी : क्या!

(लकी किताब पटक कर उठती है। और दायें विंग की ओर जाती है।)

दादा जी : अरे रुक लकी...!

(दादा जी भी उसके पीछे-पीछे जाते हैं। लकी बाहर जाने को होती है। दादा जी विंग की ओर से बाहर देखने का अभिनय करते हैं। वहीं से...)

अरे...रे...रे...रुक...!ले...अबबिल्लीरास्ताकाटगयी।राम ...राम...राम...! न जाने आज क्या होगा! अशुभ-ही-अशुभ हो रहा है!

लकी : दादा जी, आप भी कमाल करते हैं!

दादा जी : बिटिया...तू अभी छोटी है। तू क्या समझे!

लकी : मैं सब समझती हूँ। हाँ, मैं सऽब समझती हूँ।...यह आपका अन्धविश्वास है।

दादा जी : तू पोती होकर दादा से यह सब कह रही है?

लकी : हाँ, मैं आपसे ही कह रही हूँ। जो आंटी मुझे इतना प्यार करती हैं। आपकी इतनी इज़्ज़त करती हैं। वो हमारी पूजा के लिए क्या कभी अशुभ हो सकती हैं? कभी नहीं।

दादा जी : अरे बिटिया!....

लकी : *(भावावेश के साथ तर्क प्रस्तुत करते हुए जिसमें थोड़ा गुस्सा भी है)* आपकी ये परम्पराएँ और मान्यताएँ महज़ ढहते हुए मकान हैं और कुछ नहीं। एक बिल्ली अपने रास्ते पर गयी...हमारे लिए अशुभ हो गयी? कमाल है? यह आपका एक वहम है...ढकोसला है।...सच में...कुछ भी अशुभ नहीं होता। प्यार शुभ होता है। हरेक के लिए शुभ होता है।...प्यार तो सबसे बड़ा शुभ है!

दादा जी : लगता है तू मेरी बात नहीं समझना चाहती।

लकी : *(बहुत गुस्से में)* अगर ऐसा है तो मैं घर ही छोड़ देती हूँ। ...मैं चली।

दादा जी : ये क्या बात हुई बिटिया!

(लकी मंच छोड़कर दायें विंग से बाहर चली जाती है।)

लकी बिटिया...!

(दादा जी मायूस होकर मंच के बायीं ओर एक कुर्सी पर आकर धम्म से बैठ जाते हैं। उनका मुख दर्शकों की ओर है। वह चिन्ता और चिन्तन की मुद्रा में बैठे हुए हैं। क्रमशः अन्य लाइट्स ऑफ़ हो जाती हैं और स्पॉट लाइट अब केवल बैठे हुए दादा जी पर पड़ रही है। शेष मंच पर अँधेरा है।)

दादा जी : अब क्या होगा?

(कुछ सैकण्ड्स के अन्तराल के बाद दायें विंग से लकी मंच पर प्रवेश करती है। विंग के पास ही खड़ी हो जाती है। उसके ऊपर केवल स्पॉट लाइट पड़ रही है।

वह दायें विंग की ओर मुख कर चिन्तन की मुद्रा में खड़ी हो जाती है।)

लकी : *(सोचते हुए अपने आप से)* पर...अब मैं जाऊँगी कहाँ? ...मुझे दादा जी के साथ ऐसा बर्ताव नहीं करना चाहिए था!

(दूसरी ओर स्पॉट लाइट में दादा जी सोचते हुए अपने आप से ही बातें कर रहे हैं।)

दादा जी : *(सोचते हुए अपने आप से)* लगता है मैं पुराना पड़ गया हूँ! *(भावुकता के साथ रुआँसे-से होकर)*...कोई मेरी बिटिया को ला दो!...कैसे लाऊँ अपनी बिटिया को वापस!

लकी : लगता है मैं दादा जी से बहुत नयेपन के साथ पेश आ रही थी। बहुत तैश में आ गयी थी। प्यार और आदर से कहूँ....तो शायद दादा जी मुझे माफ़ कर दें।

दादा जी : मैं लाड़ के साथ लकी से कहूँ कि—"बिटिया...तू दादा जी को माफ़ नहीं करेगी क्या?" ...तो शायद वो घर वापस आ जाये!

(प्रकाश क्रमशः धीमा पड़ता है और समाप्त हो जाता है। मंच पर अँधेरा छा जाता है। कुछ सैकण्ड्स के बाद मंच पर फुल लाइट/पूर्ण प्रकाश। दादा जी अपनी मुद्रा थोड़ी-सी बदलकर वहीं बैठे हैं। अभी भी चिन्ता में डूबे हैं।)

लकी : *(दायें विंग के दरवाज़े के पास से पुकारते हुए)* दादा जी...!

दादा जी : *(देखकर व भावुक होकर)* लकी बिटिया!

(लकी दादा जी की ओर बढ़ती है। दादा जी खड़े हो जाते हैं।)

लकी : *(दादा जी के पैर छूते हुए)* दादा जी, मुझे माफ कर दीजिये!

दादा जी : पगली...! नयी पौध से तो माफी हमें माँगनी चाहिए।

लकी : विचारों में बेशक मतभेद हो जाये, लेकिन दादा जी, मैं आपसे अलग कैसे हो सकती हूँ?

दादा जी : लकी बिटिया, मैं तो कल्पना भी नहीं कर सकता!

लकी : दादा जी, मैं आगे से ध्यान रखूँगी कि अगर बिल्ली रास्ता काट जाये तो, मैं कहीं नहीं जाऊँ।

दादा जी : *(सोचते हुए कुछ क्षण रुककर)* नहीं बिटिया, यह अन्धविश्वास है।

लकी : क्या!

दादा जी : हाँ।

लकी : यह आप कह रहे हैं?

दादा जी : हाँ बेटे।

लकी : *(खुश होकर)* दादा जी, आप कितने अच्छे हैं। अच्छा...अब मैं बाज़ार जाती हूँ मूर्तियाँ लाने।...आप चिन्ता न करें। मैं अकेले ही जाऊँगी। विधवा अन्नू आंटी के साथ नहीं।

दादा जी : नहीं बिटिया, ऐसा नहीं कहते। आंटी आंटी होती है। विधवा सधवा नहीं। आंटी तो प्यार और श्रद्धा का प्रतीक है तुम्हारे लिये।...और प्यार कभी अशुभ नहीं होता। इसलिए तू अपनी प्यारी-प्यारी अन्नू आंटी के साथ ही

जाकर पूजा के लिए लक्ष्मी-गणेश की मूर्तियाँ लायेगी। ...समझी!

लकी : सच दादा जी!

दादा जी : हाँ बिटिया रानी।

लकी : दादा जी, आप बहुत-बहुत अच्छे हैं। *(दादा जी से लिपट जाती है। फिर दादा जी के मुख की ओर ताकते हुए)* ...लेकिन दादा जी, यह सब हुआ कैसे? कौन-सी ताक़त है वो?

दादा जी : बिटिया, वो है प्यार की ताक़त।

(लकी बहुत ख़ुश होती है। दोनों हाथों को ऊपर उठाकर नाचने-सी लगती है।)

लकी : हुर्रे!

(लाइट्स ऑफ़)

(पटाक्षेप)

ढाई आखर

पात्र-परिचय

मनु : **मध्यवर्ग का लगभग चौदह वर्ष का स्कूल में पढ़ने वाला एक लड़का।**

दादा जी : **मनु के दादा जी। मध्यवर्ग के लगभग पैंसठ-सत्तर वर्ष की आयु के व्यक्ति जो नौकरी से सेवानिवृत्त हो चुके हैं।**

नन्दू : **लगभग चौदह वर्ष का मनु का सहपाठी जो जात से चर्मकार है।**

नन्दू के पिताजी : **जूते गाँठने वाला मोची जो लगभग चालीसवर्ष की आयु का है।**

❖

(दादा जी बैठक में बैठे अख़बार पढ़ रहे हैं। मनु स्कूल की यूनिफॉर्म ड्रेस में, हाथ में बस्ता लिये हुए मंच के दायें विंग या दरवाज़े से दाख़िल होता है।)

मनु : दादा जी!

दादा जी : *(अख़बार को एक ओर करते हुए तथा नाक के नीचे हिस्से की ओर सरक आये चश्मे के पार, ठुड्डी को*

थोड़ा नीचे झुकाकर देखते हुए) कौन?...अच्छा...मनु।

मनु : दादा जी, नमस्ते!

दादा जी : खुश रहो बेटा!

(मनु दौड़कर दादा जी को प्यार करता है और दादा जी मनु को प्यार करते हैं।)

दादा जी : आ गया स्कूल से? *(अख़बार को मेज़ पर रखकर अपनी हाथ की घड़ी सँभालते हुए)* मैं तो तेरा ही इंतज़ार कर रहा था।...कब मनु आये और कब दोनों साथ मिलकर खाना खाएँ।

(कुर्सी से उठकर भीतर के दरवाज़े की ओर जाने को तैयार होते हैं।)

मनु : दादा जी...!

दादा जी : तू जल्दी से हाथ-मुँह धो ले। मैं तब तक दाल गरम कर लेता हूँ।

मनु : दादा जी, आप मेरी बात तो सुनिये।

दादा जी : पहले खाना खा ले, फिर बात सुनाना। जितनी चाहे!

मनु : दादा जी वो...

दादा जी : बात बाद में। पहले खाना। फुर्सत में तू खूब सुनाना। *(खनखनाती लम्बी हँसी। मनु दादा जी को ओर मुँहबाये खड़ा है। मनु के गाल पर हल्की-सी चपत जमाते हैं)* बदमा...श।

(उसी खनखनाती हँसी के साथ भीतर रसोई की ओर जाने के लिए बायें विंग की ओर से निकल जाते हैं। मनु ठगा-सा वहीं खड़ा रहकर अन्दर जाते हुए दादा

जी को देखता रह जाता है। बड़ा विवश। बस्ते को कुर्सी पर पटक देता है। तेज़ी से मंच के दायें विंग/दरवाज़े की ओर जाता है।)

मनु : *(लटके हुए पर्दे को एक ओर कर पुकारता है।)* नन्दू! आ जा!

(मनु की ही उम्र का एक लड़का कन्धे पर बस्ता लिये हुए दायें विंग से मंच पर दाख़िल होता है। भोला-भाला और सहमा हुआ-सा)

मनु : *(नन्दू की बाँह पकड़कर खींचता हुआ)* आ न यार!

नन्दू : मनु...!

मनु : *(नन्दू को कुर्सी में लगभग धँसाता हुआ)* तू बैठ। मैं अभी तुझे अपने प्यारे-प्यारे दादा जी से मिलवाता हूँ। *(दादा जी को सम्बोधित करते हुए)* दादा जी! *(थोड़े ऊँचे स्वर में)* दादा जी!

दादा जी : *(भीतर से ही)* अब क्या है?

मनु : पहले यहाँ आइये।

दादा जी : वहीं से बोल। दाल गैस पर रखी है।

मनु : आप यहाँ तो आइये। देखिये कौन आया है।

दादा जी : कौन है?

मनु : आप ख़ुद ही आकर देख लीजिये न।

दादा जी : *(निकट आती हुई आवाज़)* कौन है भई।

(बायें विंग से तौलिए से हाथ पोंछते हुए मंच पर दादा जी दाख़िल होते हैं।)

मनु : दादा जी...ये नन्दू है! मेरा क्लासफ़ैलो। हम दोनों एक ही बैंच पर बैठते हैं। मेरा दोस्त है ये...पक्का दोस्त।

नन्दू : *(खड़ा होकर)* दादा जी नमस्ते!

दादा जी : खुश रहो बेटे!

मनु : दादा जी, आज इसका जन्मदिन है।

दादा जी : यह तो बड़ी खुशी की बात है। मुबारक हो नन्दू!

नन्दू : *(खुशी से चेहरा दमक उठता है।)* थैंक्यू दादा जी!

दादा जी : ठीक है। तुम दोनों हाथ-मुँह धो लो। तीनों मिलकर खाना खायेंगे और मनु...तेरे पक्के दोस्त को मिठाई।

(दादा जी अन्दर जाने को मुड़ने को ही होते हैं कि पूछ बैठते हैं...)

अरे नन्दू, तुम घर में कहकर आये हो न?

नन्दू : दादा जी, वो ऐसा है....

दादा जी : कहाँ रहते हो?

नन्दू : जे. जे. कॉलोनी।

दादा जी : तुम्हारे पिताजी क्या करते हैं?

नन्दू : *(संकोच के साथ अटकते हुए बोलता है)* जी...वो। जी...वो...मोची हैं। जूते गाँठने का काम करते हैं।

दादा जी : *(आश्चर्य से)* क्या?

नन्दू : जी हाँ, हम लोग चर्मकार हैं।

(नन्दू का उत्तर सुनकर दादा जी के चेहरे का रंग बदलने लगता है। हँसी की जगह कठोरता छा जाती है।)

दादा जी : *(पूरी गम्भीरता के साथ तथा कुछ इस अन्दाज़ में कि जैसे कोई निर्णय ले लिया हो? कुछ क्षण के बाद)* हूँ!. ..मनु, तू ज़रा अन्दर तो आ।

(नन्दू हतप्रभ! दादा जी झटके के साथ अन्दर चलने लगते हैं। पीछे-पीछे मनु भी चलता है। बायें विंग के पास पहुँचकर, जाने के लिए पर्दा हाथ में पकड़े हुए वहीं ठहर कर लगभग फुसफुसाते हुए धीमी आवाज़ में मनु से कहते हैं।)

दादा जी : मनु!...ये तो चमार है।

मनु : माने?

दादा जी : चमार...माने...चमार।

मनु : मतलब?

दादा जी : मतलब, जूता गाँठने वाला...जूता बनाने वाला...नीची जात।

मनु : नीची जात?...नहीं, ये नीची जात नहीं, ये तो मेरा दोस्त है...पक्का दोस्त।

दादा जी : बेटा, तू नहीं समझेगा।

मनु : इसमें समझने को क्या है?

दादा जी : बेटा, चमार नीची जात के होते हैं। इतने नीचे कि हम उनका छुआ खा तक नहीं सकते।

मनु : क्या मतलब?

दादा जी : हाँ!...और उनको साथ बिठाकर खिला भी नहीं सकते।

मनु : क्या?

दादा जी : हाँ...नहीं तो...बिरादरी से...समाज से, हम बाहर निकाल दिये जायेंगे।

मनु : बाहर...क्यों?

दादा जी : क्यों का क्या मतलब होता है?...बस...मान्यता है, सामाजिक मान्यता।

मनु : *(रुआँसा-सा होकर)* लेकिन क्योंऽऽ?

दादा जी : बेटा, यह आस्था और विश्वास की बात है, सवाल करने की नहीं। मैं तो बस इतना जानता हूँ कि नन्दू इस लायक नहीं कि हमारे साथ बैठकर भोजन कर सके। तू उससे कह दे...!

(अधूरे छूट गये इस वाक्य को कहते-कहते दादा जी की नज़र नन्दू पर पड़ती है। नन्दू दादा जी की तमाम बातें सुन रहा था। सुनते-सुनते रुआँसा हो गया था। दादा जी के अन्तिम वाक्य तक आते-आते उसकी रुलाई फूट ही गयी। आवाज़ से दादा जी चौंकते हैं। नज़र नन्दू पर पड़ती है और वाक्य अधूरा रह जाता है। नन्दू तेज़ी से मुड़ता है और बिना किसी उत्तर या निर्देश या पुकार की प्रतीक्षा अथवा परवाह किये बस्ता उठाकर बैठक के दरवाज़े/मंच के दायें विंग से बाहर निकल जाता है। मनु मंच के दायीं ओर के विंग पर दरवाज़े पर लटके हुए पर्दे को हाथ से उठाकर बाहर झाँकते हुए नन्दू...नन्दूऽ! पुकारता है। दुखी और उदास मनु गली में दौड़ते हुए और अन्ततः आँखों से ओझल होते हुए नन्दू को ठगा-सा देखता रह जाता है।)

मनु : *(भावुक होकर)* तू चला ही गया। *(झुँझलाकर)* अरे चला क्यों गया?

(दुश्मन पर बदले की भावना से हमला करने को तैयार फुँफकारते हुए सर्प के समान मनु मंच की ओर पलटता है। दादा जी मंच के बायीं विंग के दरवाज़े के पास उसी अवस्था में अभी तक खड़े हैं।)

मनु : *(गुस्से में दादा जी से)* दादा जी, आपने मेरे दोस्त की इन्सल्ट क्यों की?

दादा जी : मैंने?

मनु : हाँ, आपने!...आपने उसे नीची जात का कहा। मेरे दोस्त को...उस दोस्त को...जो...अपनी चॉकलेट में से आधी मुझे दे देता है। उसे आपने इस लायक भी न समझा कि वो हमारे साथ बैठकर खाना खा सके.... और उसके हाथ का छुआ खाना हम खा सकें!

दादा जी : बेटा...!

मनु : पड़ोस के गुप्ता अंकल, जिनका गुप्ता शू स्टोर है,...तो इसका मतलब तो ये हुआ कि वो भी नीची जात के हुए।

दादा जी : बेटा, उनकी बात अलग है। उनका तो वो धंधा है।

मनु : तो नन्दू के पिता जी का धंधा, धंधा नहीं?

दादा जी : उनकी बात अलग है। वो जन्म से नीची जात के नहीं हैं।

मनु : केवल जन्म से उसकी जात नीची हो गयी?...कितनी झूठी और खोखली हैं आपकी मान्यताएँ?

दादा जी : ओफ़्फ़ोह! मनु...!

मनु : मैं कुछ नहीं जानता। *(भावुकता के साथ)* मेरे लिये

मेरा नन्दू सबसे ऊँची जात का है, क्योंकि वो मुझे प्यार करता है। *(भावुकता के कारण कण्ठ भर आता है)* मुझे नहीं चाहिए आपकी ऊँची जात! *(रुलाई फूट पड़ती है)* मैं अब आपके साथ कभी खाना नहीं खाऊँगा।

दादा जी : तू मुझसे यह सब कह रहा है?

मनु : हाँ! *(भावावेश में रोते हुए)* कैसी है यह आपकी ऊँची जात...कैसी है यह आपकी सामाजिक मान्यता...जिसने मेरा दोस्त मुझसे छीन लिया। *(अन्दर की ओर जाते हुए)* मैं आपसे अब कभी भी नहीं बोलूँगा।

(मनु का बायें विंग से भीतर प्रस्थान। दादा जी इस अप्रत्याशित घटनाक्रम पर हतप्रभ रह जाते हैं। शून्य में ताकते हैं।)

दादा जी : मनु तू भी...!

(दादा जी मंच के बीचोंबीच आकर परेशान होकर चिन्तन करते हुए स्वयं ही बड़बड़ाने लगते हैं।)

ओह मनु...! *(भावुक होकर)* तेरा कहा हुआ अब मेरे ज़हन में गूँज रहा है। सच में मनु...! तेरी कही हुई बात मुझमें ही दुहराये जा रही है...तूने कहा था—"मैं कुछ नहीं जानता। मेरे लिये मेरा नन्दू सबसे ऊँची जात का है क्योंकि वो मुझे प्यार करता है।...कैसी है यह आपकी सामाजिक मान्यता, जिसने मेरा दोस्त मुझसे छीन लिया? मैं आपसे अब कभी भी नहीं बोलूँगा। कभी भी नहीं बोलूँगा। कभी भी नहीं।"

(परेशानी और भावुकता के साथ)...नहीं बेटा, नहीं।

मनु! तू मुझसे नहीं बोलेगा तो मैं कहाँ जाऊँगा! कैसे जी पाऊँगा मैं!

और हाँ, सुन बेटा...बात तो तेरी ही सही है। दम है बात में। नीची जात का वो नहीं, हम हैं, जो ऐसा सोचते हैं। अरे सबसे ऊँची जात होती है—प्यार की जात।

(दादा जी कुर्सी पर बैठ जाते हैं। वहीं से पुकारते हैं।)

दादा जी : मनु...ओ मनुऽ! *(कुछ क्षण के बाद दुबारा पुकारते हैं)* मनु ...मनु बेटा!

(बायें विंग से मनु, जिसकी कमीज़ का एक हिस्सा बाहर को निकला हुआ है और जो अपनी रोई हुई आँखों को मल रहा है, मंच पर प्रवेश करता है और दादा जी के पास आकर खड़ा हो जाता है।)

दादा जी : *(मनु की बाँह पकड़कर)* मनु बेटा, मुझसे नाराज़ हो गया क्या? अरे तू नाराज़ हो जायेगा तो मैं क्या करूँगा!...चल तेरी बात मान ली।...सुन! जल्दी से नन्दू के यहाँ जा और कहना कि शाम को नन्दू का जन्मदिन हम सब मिलकर मनायेंगे।

(आँसुओं से भीगे हुए मनु के चेहरे पर अचानक खुशी की लहर दौड़ जाती है।)

मनु : सच दादा जी!

दादा जी : हाँऽ और कह देना कि अपने पिताजी को भी साथ लेकर आये।

(मनु दादा जी से लिपट जाता है और उनके गालों पर प्यार करता है।)

मनु : दादा जी, आप कितने अच्छे हो! *(उछलते हुए और दोनों हाथों को फैलाते हुए)*...हुर्रे!

(मनु के हुर्रे कहने के बाद लाइट्स ऑफ हो जाती हैं। कुछ पलों के बाद लाइट्स जब ऑन होती हैं तो लाइट्स में नीले रंग का संस्पर्श हो जाता है जिससे यह लगता है कि शाम/रात्रि हो गयी है। लाइट्स क्रमशः फेड-इन होती हैं। मंच पर, बीचोंबीच में एक टेबल है जिस पर बर्थ-डे केक रखा हुआ है। केक काटने के लिए नन्दू हाथ में छुरी लिये हुए है। मनु, दादा जी और नन्दू के पिता जी साथ में खड़े हुए हैं। नन्दू छुरी से बड़े अनगढ़ तरीक़े से अपने जन्मदिन का केक काटता है। ऐसा मौका जीवन में पहली बार जो मिला है।)

दादा जी व मनु : *(समवेत स्वर में)* हैप्पी बर्थ-डे टू यू...हैप्पी बर्थ-डे टू यू...हैप्पी बर्थ-डे टू नन्दू!

(सब तालियाँ बजाते हैं। नन्दू व मनु का एक-दूसरे को केक खिलाते हैं। सब हँसते हैं। दादा जी नन्दू को प्यार करते हैं और नन्दू के पिता जी को गले लगाते हैं।)

दादा जी : *(दर्शकों की ओर मुख़ातिब होकर)*

वाह रे कबीर....! क्या कह गये...!

पोथी पढ़ि-पढ़ि जग मुआ

भया न पंडित कोय

ढाई आखर प्रेम का

पढ़े सो पंडित होय ॥

(दादा जी के इस कथन के साथ ही लाइट्स क्रमशः डिम/कम होती जाती है और अन्त में प्रकाश समाप्त/ लाइट्स ऑफ)

(लाइट्स ऑफ)

(पटाक्षेप)

ढहती दीवार

पात्र-परिचय

मनु : मध्यवर्ग का लगभग चौदह वर्ष का स्कूल में पढ़ने वाला एक हिन्दू लड़का।

दादा जी : मनु के दादा जी। मध्यवर्ग के लगभग पैंसठ-सत्तर वर्ष की आयु के व्यक्ति जो नौकरी से सेवानिवृत्त हो चुके हैं।

रामनिवास शर्मा : छोटे शहर में रहने वाला मध्यवर्ग का साधारण व्यक्ति जिसकी आयु लगभग चालीस वर्ष है।

फ़राज़ : लगभग दस वर्ष का स्कूल में पढ़ने वाला एक मुस्लिम लड़का।

व्यक्ति 1 : साधारण व्यक्ति।

व्यक्ति 2 : साधारण व्यक्ति।

व्यक्ति 3 : साधारण व्यक्ति।

व्यक्ति 4 : साधारण व्यक्ति।

(व्यक्ति 1 से लेकर 4 तक सभी पात्र प्रथम दृष्टया देखने में हिन्दू प्रतीत होते हैं।)

(मंच पर एक छोटे शहर में मध्यवर्गीय परिवार के साधारण से कमरे का सैट। एक तरफ़ चारपाई पड़ी है। इधर-उधर दो-चार कुर्सियाँ हैं और बीच में मेज़। मंच पर कोई नहीं है। कमरे के दरवाज़े के बाहर से कॉल-बैल की आवाज़ आती है। भीतर से आवाज़ आती है—"कौन? ....अभी आता हूँ"। घर की साधारण-सी वेशभूषा में प्रौढ़ आयु के शर्मा जी का बायें विंग से प्रवेश। पूरा मंच पार कर दायें विंग की दिशा में दरवाज़े पर टँगे हुए पर्दे को एक तरफ़ कर दरवाज़ा खोलते हैं। शर्मा जी के साथ दादा जी और मनु मंच पर प्रवेश करते हैं।)

शर्मा : आइये...आइये...!

शर्मा : घूम आये मनु बेटे? *(दादा जी से)* कोई तकलीफ़ तो नहीं हुई चाचा जी?

दादा जी : तकलीफ़ तो कुछ नहीं हुई लेकिन थक गये भई! रिक्शे में गये और रिक्शे में आये, फिर भी...!

मनु : फिर भी थक गये आप? कमाल है आपका भी दादा जी।

दादा जी : कमाल मेरा नहीं, बुढ़ापे का है बेटे।

शर्मा : क्या-क्या देखा बेटा?

मनु : यहाँ देखने को है ही क्या?

शर्मा : फिर भी?

दादा जी : अरे यूँ ही बस एक चक्कर लगा आये शहर का। वो भी इसलिए क्योंकि मनु पहली बार आया है यहाँ। वर्ना...सच में, है क्या यहाँ!

शर्मा : माने...आप लोगों ने देखा कुछ भी नहीं?

मनु : देखा अंकल, देखा।

शर्मा : क्या-क्या?

मनु : गांधी ग्राउण्ड...उधर रोज़ा और सूरज कुण्ड, इधर जामा मस्जिद और बड़ी सरकार।

शर्मा : कुछ ठीक-ठीक लगा कि नहीं?

मनु : हाँ, ठीक ही है।

शर्मा : हाँ भई, तुम बड़े शहर के रहने वाले हो। उसके मुक़ाबले यहाँ सब कैसे अच्छा लग सकता है।

मनु : अच्छा अंकल, ये बताइये कि बड़ी सरकार से क्या मतलब है? वहाँ तो क़ब्रें बनी हुई थीं।

शर्मा : बेटे, इसे बड़ी ज़्यारत के नाम से जाना जाता है। ऐसी जगहें बड़ी पवित्र मानी जाती हैं। वहाँ माने हुए फ़क़ीर... औलिया दफ़्न होते हैं। सरकार तो स्वयं ईश्वर है।...और औलिया...खुदा के बन्दे। वहाँ जाकर लोग-बाग मन्नतें माँगते हैं और उसके लिए चादर चढ़ाते हैं।

मनु : अंकल, मैं अभी आया....।

(टॉयलेट के लिए छोटी अँगुली उठाकर इशारा करता है। मनु का प्रस्थान)

दादा जी : अरे रामनिवास, हमने तो वहाँ देखा कि मुस्लिम ही नहीं बहुत से हिन्दू भी आये हुए थे?

शर्मा : ज़रूर देखा होगा चाचा जी। वहाँ सभी लोग आते हैं। असल में, इस शहर की प्रकृति ही कुछ ऐसी है कि सब मिल-जुलकर रहते हैं। चाहे हिन्दू हों, चाहे मुसलमान। यह शहर छोटा ज़रूर है, लेकिन पारस्परिक प्रेम और सद्भाव का उदाहरण है।

दादा जी : अच्छा बेटा, मैं भी ज़रा फ्रैश हो लूँ। नहा-धो लूँ।

शर्मा : चलिये मैं भी भीतर चलता हूँ कुछ नाश्ता-वाश्ता....

(मनु का आगमन)

मनु : अरे, आप लोग कहाँ चल दिये?

शर्मा : नाश्ता....।

(दादा जी और शर्मा का प्रस्थान। मनु पहले कुर्सी पर बैठता है। फिर पढ़ने के लिए कोई पत्रिका ढूँढ़ने लगता है कि भड़ाक से दायें विंग वाला बाहर का दरवाज़ा खुलता है और तुरन्त बन्द हो जाता है। मनु चौंकता है। नज़र दरवाज़े की तरफ़ पड़ती है। देखता है कि थरथर काँपता, सहमा-सकुचा, पूरी तरह घबराया हुआ, उड़ी हुई रंगत और भयभीत आँखे लिये हुए, बग़ल में बस्ता दबाये एक लगभग दस वर्ष का लड़का, दरवाज़े से सटा हाँफता हुआ-सा खड़ा है। मनु कुछ पूछने के लिए आगे बढ़ता है कि....)

लड़का : वो...वो...मुझे मार देंगे!

मनु : कौन?

लड़का : वो...वो...मुझे मारने आ रहे हैं!

मनु : लेकिन...तुम...?

लड़का : वो...मार देंगे मुझे! खुदा के वास्ते मुझे बचा लीजिये!

मनु : पर कौन?

लड़का : वो...वो...हिन्दू...!

मनु : हिन्दू?

लड़का : हाँ। पर...पर तुम कौन हो?

मनु : मैं?...मैं...मनु...।

लड़का : मनु!...माने...हिन्दू या मुसलमान?

मनु : हिन्दू या मुसलमान!

लड़का : हाँ।

मनु : लेकिन उससे क्या फ़र्क़ पड़ता है?

लड़का : फ़र्क़ पड़ता है।...मुसलमान हो तो मुझे बचा लोगे और अगर हिन्दू हो तो मार डालोगे।

मनु : होने को तो मैं....

(मनु के संवाद के पूरे होने से पूर्व ही दरवाज़े पर जल्दी-जल्दी थाप पड़ती है। एक समूह की तरह-तरह की मिश्रित आवाज़ें भी सुनाई पड़ती हैं। कोई ज़ोर से चीख रहा है—"शर्मा जी! दरवाज़ा खोलिए!...खोलिए दरवाज़ा!")

लड़का : *(अत्यन्त दीन लेकिन फुसफुसाहट स्वर में)* खुदा के वास्ते मुझे बचा लीजिये!

मनु : *(तेज़ी से)* ए! तुम आओ...इधर...चारपाई के नीचे छिप जाओ।

(लड़का बिना सोचे-समझे तेज़ी से अपने बस्ते समेत चारपाई के नीचे घुस जाता है। मनु चारपाई पर पड़ी चादर को नीचे तक लटका कर उस लड़के को छिपा देता है। दरवाज़ा खुलवाने की खड़खड़ाहट और तेज़ हो जाती है। भीतर से शर्मा का तेज़ी से कमरे में प्रवेश)

शर्मा : *(मनु से)* क्या बात है?

मनु : *(घबराया-सा)* पता नहीं।

(शर्मा दरवाज़ा खोलते हैं। भीड़ में से एक व्यक्ति तेज़ी से भीतर प्रवेश करता है।)

एक व्यक्ति : *(कमरे में चारों तरफ़ नज़र डालकर)* वो लड़का कहाँ है?

शर्मा : कौन लड़का?

व्यक्ति-1 : *(मनु की तरफ़ संकेत करके)* ये कौन है?

शर्मा : ये मेरा भतीजा है, मनु।

व्यक्ति-1 : लेकिन वो गया कहाँ? भागा तो इसी तरफ़ था।

शर्मा : किसकी बात कर रहे हो? यहाँ तो कोई नहीं आया। क्यों मनु?

मनु : हाँ...हाँ...हाँ...! *(घबराया हुआ-सा)* यहाँ...यहाँ तो कोई नहीं आया!

शर्मा : पर हुआ क्या है? तुम सब लोग...?

व्यक्ति-1 : शहर में दंगा हो गया है।

शर्मा : क्या?...शहर में!...हमारे शहर में?

व्यक्ति-1 : हाँ, मार-काट शुरू हो गयी है। मुसलमानों ने दूसरे मोहल्ले में बड़ा क़हर बरपाया है। किसी ने बताया कि ग्यारह-बारह साल का एक लड़का इधर की तरफ़ भागकर आया है।

(लड़का चारपाई के नीचे बस्ता अपनी छाती से चिपकाये, आँखें बन्द किये ऐसे दुबका पड़ा है, जैसे उसमें साँस ही न हो)

व्यक्ति-2 : ग्यारह-बारह का क्या, शर्मा जी सोलह-सत्रह का होगा!

व्यक्ति-3 : पूरा जवान है जी!

व्यक्ति-4 : और हाथ में चमचमाता हुआ खंजर भी है जी!

व्यक्ति-1 : खैऽर! बचके कहाँ जायेगा?...चलते हैं।...आप होशियार रहिये। हम फिर आयेंगे।

(सभी चलो-चलो की आवाज़ों के साथ वहाँ से चले जाते हैं। शर्मा दरवाज़ा बन्द कर लेता है।)

शर्मा : *(संशय नज़रों से)* मनु, यहाँ कोई आया था न?

मनु : *(लड़खड़ाती ज़बान से)* नहीं....नहीं....!

शर्मा : *(थोड़ी कड़क आवाज़ में)* कहाँ है वो लड़का?

मनु : लेकिन...!

शर्मा : कहाँ छिपाया है तुमने उसे?

(मनु हाथ के इशारे से बताता है।)

शर्मा : *(चारपाई पर लटकी चादर को हटाकर डाँटते हुए)* ए बदमाश, चल इधर बाहर निकल!

(लड़का डरते-सहमते बाहर निकलता है। निकलते ही शर्मा के पैरों में गिर पड़ता है।)

लड़का : खुदा के वास्ते मुझे मारिये मत!

शर्मा : क्या नाम है तेरा?

लड़का : फ़राज़!

शर्मा : कहाँ पढ़ता है?

फ़राज़ : मिशन स्कूल में!

शर्मा : कौन-सी क्लास में?

फ़राज़ : छठी में!

(तौलिये से हाथ पोंछते हुए दादा जी का प्रवेश)

दादा जी : क्या बात है भई? कैसा हंगामा है?

शर्मा : शहर में दंगा हो गया है। मार-काट चल रही है।

दादा जी : क्या?...दंगा!...इस शहर में?...और यह कौन है?

मनु : ये फ़राज़ है। मेरा दोस्त।

शर्मा : दोस्त-वोस्त कुछ नहीं, चाचा जी। ये बदमाश ज़बर्दस्ती हमारे घर में घुस आया है। अभी बहुत-से लोग इसे ढूँढ़ते हुए यहाँ आये थे। *(दरवाज़े की तरफ़ बढ़ते हुए)* मैं अभी इसे उन्हें सौंपे देता हूँ....न जाने क्या गुल खिलाये!

मनु : *(मनु दरवाज़े के सामने खड़े होकर शर्मा का रास्ता रोकते हुए...)* नहीं, आप ऐसा नहीं कर सकते। मैं फ़राज़ को अपना दोस्त कह चुका हूँ।

दादा जी : बेवकूफ़ी की बातें नहीं करते, मनु।

मनु : जो भी हो, मैं इसे मरने नहीं दूँगा।

शर्मा : तुम्हें नहीं मालूम मनु, इसके यहाँ रहने से हम पर कितनी आफ़त आ सकती है।

मनु : क्या आफ़त आ सकती है?

दादा जी : तुझे मालूम है यह कौन है?

मनु : कौन है?

दादा जी : मुसलमान।

मनु : तो क्या हुआ?

दादा जी : इसे घर में रखना तो दूर, इसके हाथ का तो हम पानी भी नहीं पी सकते।

मनु : कमाल है! इस बेचारे की तो जान पर बनी हुई है और आप...

दादा जी : तू नहीं जानता इन्हें। इन लोगों ने ही दंगा शुरू किया होगा।

मनु : हो सकता है हिन्दुओं ने किया हो?

दादा जी : हमेशा ये ही लोग करते हैं।

फ़राज़ : नहीं-नहीं, एतमाद कह रहा था, हिन्दुओं ने लड़ाई शुरू कर दी है, भागो...!

मनु : लीजिये। अब क्या कहेंगे?

दादा जी : तू बेकार की बहस क्यों करता है? ये बच्चों की चीज़ नहीं।

मनु : *(रुदन और क्रोध में)* तो लीजिये, सौंप दीजिये इसे कसाइयों को।...लेकिन...ये याद रखिये कि अब से मेरा आपसे कोई नाता नहीं।

(दरवाज़े के सामने से हट जाता है।)

फ़राज़ : *(गिड़गिड़ाहट के साथ)* नहीं, ख़ुदा के वास्ते ऐसा न कीजिये!

(दरवाज़े पर तेज़ी से थपथपाने की आवाज़ आती है। बाहर शर्मा जी, शर्मा जी... का सम्बोधन उभरता है। फ़राज़, मनु और दादा जी सहमते हैं। शर्मा सबको नज़र भरकर देखता है। सभी के डरे हुए चेहरे और

कुछ क्षण की चुप्पी। दरवाज़े पर दुबारा थपथपाहट के साथ शर्मा दरवाज़े की ओर बढ़ता है। दादा जी अचानक आड़े आकर शर्मा को रोकते हैं।)

दादा जी : *(फुसफुसाते हुए)* नहीं....राम निवास.. एक मिनट!

(दादा जी फ़राज़ को चारपाई के नीचे छिपाते हैं। चादर लटका देते हैं। शर्मा स्तब्ध रह जाता है।)

हाँ, अब खोलो।

(शर्मा दरवाज़ा खोलता है।)

व्यक्ति-1 : शर्मा जी, वो लड़का कहीं नहीं मिला। कहीं ऐसा न हो इधर-उधर से आपके ही घर में घुस आया हो।

शर्मा : ऐसा है...

दादा जी : *(बीच में ही शर्मा की बात काटते हुए)* नहीं भाई, यहाँ कोई लड़का नहीं आया। हमने खूब देख लिया है।

व्यक्ति-1 : *(असन्तोष के साथ)* अच्छाऽ...। *(जाते-जाते)* लग तो यही रहा था कि इधर ही आया है। ठीक है...!

(सभी का प्रस्थान। शर्मा दरवाज़ा बन्द करता है।)

मनु : *(खुशी से)* दादा जी!

दादा जी : *(मनु से)* मनु के आगे तो दादा जी हाड़ी खा ही जाते हैं। *(फ़राज़ से)* फ़राज़ बेटे, बाहर निकल आ।

(फ़राज़ चारपाई से बाहर निकल आता है।)

मनु : *(अपनी दोनों बाहें उठाकर)* फ़राज़!

फ़राज़ : *(फ़राज़ ऐसी मुहब्बत पाकर दंग रह जाता है। वो दादा जी और मनु को प्रसन्नता और आश्चर्य के*

साथ देखता है। उसकी आँखों में आँसू आ जाते हैं।... आँसुओं के साथ बस्ते को ज़मीन पर रख देता है और दोनों बाहें उठाकर मिलने के लिए मनु की ओर बढ़ता है। बहुत अधिक भावुक होकर पुकारता है)...**मनु**...!

(दोनों कसकर गले मिलते हैं। सब खुश हैं।)

(लाइट्स ऑफ)

(पटाक्षेप)

मार से नहीं, प्यार से

पात्र-परिचय

लकी : मध्यवर्ग की लगभग तेरह वर्ष की स्कूल में पढ़ने वाली एक लड़की।

दादा जी : लकी के दादा जी। मध्यवर्ग के लगभग पैंसठ-सत्तर वर्ष की आयु के व्यक्ति जो नौकरी से सेवानिवृत्त हो चुके हैं।

बहादुर : दस वर्ष का नेपाली/पहाड़ी लड़का जो ढाबे पर नौकर के रूप में काम करता है।

ढाबा मालिक : लगभग पचास वर्ष की आयु का स्वार्थी, चालाक और अक्खड़ स्वभाव का पंजाब का व्यक्ति जो किसी हाइवे के किनारे ढाबा चलाता है।

अन्य : बस का कंडक्टर, ड्राइवर तथा सात-आठ अन्य स्त्री-पुरुष बस के पैसेंजर।

❖

(मंच पर किसी हाइवे के किनारे साधारण से एक ढाबे का सैट लगा हुआ है। मंच के दायें पिछले वाले कोने में एक काउण्टर है जिस पर ढाबे

का मालिक बैठता है। शेष मंच पर उपलब्ध स्थान के अनुसार तीन-चार टेबल रखी हुई हैं। हर टेबल के साथ तीन-तीन कुर्सियाँ भी लगी हुई हैं। मंच के दायें और बायें विंग पर आने-जाने का रास्ता बना हुआ है। दोनों तरफ़ ही आने-जाने के रास्ते पर दरवाज़े के ऊपर लगे हुए पर्दे टँगे हुए हैं। दायें विंग की ओर का रास्ता/दरवाज़ा ढाबे के अन्दर जाने के लिए है, जहाँ परिकल्पित किचन है। बायें विंग का रास्ता/दरवाज़ा ढाबे से बाहर जाने-आने के लिए है। मंच के दायें अंतिम टेबल पर दो आदमी/यात्री कुर्सियों पर बैठे हुए टेबल पर रखे हुए चाय के कप में से चाय सुड़कते हुए नज़र आते हैं। दोनों कपों के बीच एक प्लेट पर खाने की कुछ सामग्री रखी हुई है। लाइट्स ऑन होते ही ढाबा मालिक काम करने वाले एक नौकर को पुकारता है।)

ढाबा मालिक : ए लड़के! सुनता है कि नहीं! *(धीमी आवाज़ में)* ना सुनने की तो इसने कसम खा रखी है! *(ऊँचे स्वर में पुकारता हुआ)* ए लड़के!

(दायें विंग से दस-बारह साल का एक लड़का ढाबा मालिक के काउण्टर के पास आ खड़ा होता है। उसने पैबंद लगा पायजामा पहन रखा है। उसने पायजामे के पाँयचे को उलटकर, ऊपर खींचकर अपने कमरबन्ध में खौंस रखा है। दोनों पाँवों में अलग-अलग साइज़ और अलग-अलग रंग की मैली-सी वी-शेप की चप्पलें पहन रखी हैं। बदन पर अपने से बड़े आकार की उध ार माँगी हुई-सी आधी बाहों की कमीज़ पहन रखी है। कन्धे पर अधमैला अगोंछा लटकाये हुए है।)

ढाबा मालिक : कब से बुला रहा हूँ तुझे! तू सुनता क्यों नहीं है?

लड़का : जी शाब! *(मुँह लटकाये खड़ा रहता है।)*

ढाबा मालिक : बस आ गयी है। जा आवाज़ लगाके आ!

लड़का : जी शाब!

(लड़का मंच पार कर बायें विंग के दरवाज़े से बाहर निकल जाता है।...विंग के भीतर से ही ऊँचे स्वर में आवाज़ लगाता है)

लड़का : *(ऊँची आवाज़ में)* बश आधा घंटे रुकेगी। चाय-वाय पी लो, रोटी-वोटी खा लोऽ!...बश आधा घंटा रुकेगी। रोटी-वोटी खा लो, चाय-वाय पी लोऽ!

(लड़का बायें विंग से मंच पर आ जाता है। कुछ देर अंतिम टेबल के पास खड़ा रहता है, जहाँ दो व्यक्ति चाय पी रहे हैं। बायें विंग के भीतर से ही एक लगभग तेरह साल की लड़की लकी और उसके दादा जी की बातचीत सुनाई पड़ती है।)

लड़की : *(आलस्य में बोलती है)* दादा जी, मुझे तो अभी भी नींद आ रही है। आप मुझे बेकार ही बस से नीचे उतार लाये। मुझे कुछ नहीं खाना-पीना।

दादा जी : अरे लकी बिटिया! यहाँ थोड़ी देर के लिए बस रुकी है कुछ खा-पी ले। आगे दूर जाना है।

(बातचीत करते हुए मंच पर प्रवेश करते हैं।)

लकी : *(बाल सुलभ चेष्टा में अलसाते हुए)* नहीं...दादा जी, नींद आ रही है।

दादा जी : आ जा बिटिया आ जा!...आ जा, बैठ!

(एक टेबल से लगी हुई दो कुर्सियों पर दोनों बैठ जाते हैं। अन्य यात्री भी उनके पीछे-पीछे आते हैं और कुर्सियों पर बैठ जाते हैं। नौकर दादा जी के टेबल के पास आकर खड़ा होता है।)

लड़का : *(पूछता है)* क्या लेंगे शाब?

दादा जी : क्या कुछ है?

लड़का : *(जल्दी-जल्दी)* ऐग करी, मटर-पनीर, पालक-पनीर, आलू-चना, गोभी-आलू, बैंगन भर्ता, दाल मखनी, दाल उड़द, दाल तड़का और जो शाब आप बोलो!

दादा जी : लकी, क्या लोगी?

लकी : कुछ भी दादा जी।

दादा जी : *(लड़के से)* सुनो, दाल फ्राई और बैंगन का भर्ता ले आओ!

लड़का : अच्छा शाब!

(लड़का दूसरी टेबल पर पहुँचता है।)

लड़का : हाँ शाब, क्या लेंगे?

यात्री : दाल तड़का और रोटी।

(लड़का तीसरी टेबल पर पहुँचता है।)

लड़का : आप शाब?

यात्री : पालक-पनीर और दो रोटी।

(दादा जी और लकी सुख व दुःख मिश्रित भाव के साथ आश्चर्य से लड़के की ओर लगातार निहारते रहते हैं।)

लकी : दादा जी, कमाल है न? सुबह से शाम तक ये यही करता होगा! इसका यही हाल! *(सहानुभूति के साथ उसाँस भरते हुए)* बेचारा!

*(लड़का ऑर्डर लेकर दायें विंग से किचन के लिए

बाहर निकल जाता है।)

दादा जी : अच्छा है बिटिया, काम तो करना ही चाहिए न?

लकी : लेकिन...ये उमर...काम करने की है क्या?

दादा जी : काम के लिए कोई उमर नहीं होती, बिटिया।

(ढाबा मालिक लड़के को पुकारता है।)

ढाबा मालिक : ए लड़केऽ! जल्दी ऑर्डर लेकर आ।

लकी : दादा जी, क्या आपको नहीं लगता कि ये सब... अत्याचार है इस लड़के पर?

दादा जी : किसका?

लकी : ढाबे के मालिक का...आपका...हमारा...हम सऽबका!

दादा जी : नहीं बिटिया...इसे कहते हैं...वक़्त की मार...।

लकी : झूठ है, ढकोसला है। *(बड़बड़ाते हुए)* वक्त की माऽर!

दादा जी : *(हल्की-सी खनकती हँसी)* अभी छोटी है तू। धीरे-धीरे सब समझ जायेगी।

लकी : गवर्नमेंट नहीं कर सकती कुछ इसके लिए?

दादा जी : माने?

लकी : आप नहीं कर सकते कुछ?

दादा जी : मैं?...मैं क्या कर सकता हूँ?

लकी : कुछ भी नहीं?

(लड़का एक ट्रे में पाँच-छह गिलासों में पानी लेकर आता है। हर टेबल पर पानी के गिलास रखता है। दादा जी की टेबल पर पानी रखता है।)

दादा जी : अच्छा...अच्छा...करेंगे कुछ!

लकी : *(लकी गुस्से और क्षोभ में भर जाती है।)* ये क्या बात हुई दादा जी?

लड़का : शाब! खाना अभी थोड़ी देर में लाता है।

(लड़का जाने लगता है।)

लकी : *(लड़के से)* सुनो, तुम्हारा नाम क्या है?

लड़का : *(पलट कर)* बहादुर।

लकी : कब से हो इस ढाबे पर?

बहादुर : *(अँगोछे से टेबल पोंछते हुए)* कोई शाल-भर से।

लकी : कितना पैसा मिलता है?

ढाबा मालिक : *(अपनी गद्दी पर से ही, ऊँची तथा फटकारने की आवाज़ में)* ए लड़के! जल्दी-जल्दी हाथ चला। बातें क्यों बना रहा है वहाँ खड़ा-खड़ा। जुबान खींच लूँगा। *(बड़बड़ाता हुआ)* स्साला हरामी का पिल्ला!

बहादुर : *(ऊँचे स्वर में ढाबा मालिक से)* जी शाब!

लकी : दादा जी...!

(दादा जी लकी का हाथ पकड़कर कुछ भी कहने या करने से रोकते हैं।)

दादा जी : छोड़ो बिटिया!

ढाबा मालिक : ए लड़के! इधर आ!

(बहादुर ढाबा मालिक के पास जाता है और ढाबा मालिक काउण्टर से बाहर निकल आता है।)

तुझे यहाँ काम करने के लिए रखा है या बातें बनाने के लिए? *(ढाबा मालिक बहादुर को जोर से एक झापड़ मारता है। बहादुर खुद को सँभाल नहीं पाता और नीचे गिर पड़ता है। बहादुर रोने लगता है।)* स्साला!

(बहादुर धीरे-धीरे उठता है।)

बहादुर : *(रुआँसा होकर)* नहीं शाब!

ढाबा मालिक : काम नहीं करेगा...बातें बनायेगा?

(बहादुर के दायें-बायें दोनों गालों पर ढाबा मालिक झापड़ रसीद करता है। बहादुर रोने लगता है। बस के ड्राइवर-कंडक्टर और दूसरे पैसेंजर अपनी-अपनी टेबल से खड़े हो जाते हैं और बहादुर की पिटाई होते हुए देखने लगते हैं।)

काम करते हुए नानी मरती है? हरामी के पिल्ले!

(पिटाई और चीखना, चिल्लाना और रोना जारी है।)

...पैसेंजरों से बातें बनायेगा!

लकी : *(अपनी टेबल से उठकर तेज़ी से आगे बढ़कर ढाबा मालिक का हाथ पकड़ते हुए)* आप क्यों मार रहे हैं इसे? ...बातें मैं कर रही थी इससे, ये नहीं। *(दादा जी भी उठकर लकी के पास आ जाते हैं।)*

ढाबा मालिक : नहीं, इसकी आदत ही कुछ ऐसी है *(लकी से हाथ छुड़ाते हुए)* आप जाओ बेटी, इस स्साले से तो मैं बाद में निबटूँगा।

दादा जी : लकी, ये इनका आपस का मामला है, हमें क्या!

अन्य यात्री : हाँ, हाँ, बात तो सही है। यह इनका आपसी मामला है।

(तभी लकी गुस्से और क्षोभ के साथ ज़ोर से चीखती है...)

लकी : नहीं...।

(सभी यात्री तुरन्त हतप्रभ चेहरे लिये लकी को देखते रह जाते हैं। ढाबा मालिक भी स्तब्ध रह जाता है। चारों ओर चुप्पी छा जाती है। सब आश्चर्यचकित चेहरा लिये मूर्तिवत खड़े रह जाते हैं। बस बहादुर की सिसकियों की आवाज़ें सन्नाटे को तोड़ती रहती हैं।)

लकी : *(दादा जी समेत सभी यात्रियों से ऊँचे स्वर में)* आप लोग...! ....कमाल करते हैं! (क्षणिक विराम के बाद ढाबा मालिक से)...तो इसका मतलब है, बाद में आप उसे और मारेंगे?

ढाबा मालिक : सुनिये...!

लकी : रात-दिन ये आपका काम करता है...और बदले में आप इसे देते हैं पिटाई?

ढाबा मालिक : सुनो...!

लकी : *(बहादुर से)* क्या देते हैं तुझे?

(उत्तर में बहादुर की केवल सिसकियाँ सामने आती हैं।)

लकी : बोल, बोल, घबरा मत। बता, क्या मिलता है तुझे?

बहादुर : *(क्षणिक विराम के बाद और संकोच के साथ सिसकियाँ भरते हुए)* बीश रुपये रोज।

लकी : *(आश्चर्य से)* क्या!...केवल बीस रुपये!

ढाबा मालिक : रोटी-चाय फ्री। चार आदमियों का अकेला भसक

जाता है। *(बहादुर से)* बोलता क्यों नहीं? *(लकी से)* कपड़े-लत्ते अलग।

लकी : *(बहादुर के फटे कपड़ों की ओर इशारा करके)* इन्हें आप कपड़े कहते हैं?

ढाबा मालिक : *(चिढ़कर)* और क्या राजा बेटा बनाकर रखूँगा इसे?

लकी : हाँ, राजा बेटा बनाकर ही काम लेना होगा इससे, नहीं तो...

ढाबा मालिक : नहीं तो...? *(हेकड़ी से)* नहीं तो क्या कर लोगी तुम?

लकी : नहीं...*(सोचती हुई)*...तो?...*(दादा जी से)* आप ही कहिये न दादा जी...

दादा जी : मैं क्या कह सकता हूँ!

लकी : (कुछ सोचते हुए कंडक्टर से) कंडक्टर साहब, कल से आपकी बस इस ढाबे पर नहीं आयेगी!...कहिये. ..प्लीज़...कहिये...प्लीज़ कहिये इस ढाबे के मालिक से।...कोई बस इसके यहाँ नहीं रुकेगी।

ड्राइवर : *(हक्का-बक्का रहकर सोचते हुए)* हैं! ऊँ...ऊँ...

(ड्राइवर कंडक्टर से खुसर-पुसर करता है। दादा जी और एक अन्य यात्री भी खुसर-पुसर करते हैं। सभी लकी के सुझाव से सहमत होने का अँगुली के इशारे से संकेत करते हैं।)

सभी : हाँ...हाँ...हाँ...लड़की ठीक कह रही है। ढाबे वाले की वाक़ई ज़्यादती है।

(दादा जी मालिक की ओर बढ़ते हैं। ढाबा मालिक असमंजस की स्थिति में है। बहादुर की सिसकियाँ

शांत हो चुकी हैं। अब वह जिज्ञासा के साथ सबको देख रहा है।)

दादा जी : *(ढाबा मालिक से विनम्र लेकिन थोड़ा सख़्ती के साथ)* देखो भई, हमारी बिटिया लकी सही कह रही है। अगर तुमने बहादुर पर ऐसे ही ज़्यादती रखी तो हम कोई भी यहाँ नहीं आयेंगे।

ड्राइवर-कंडक्टर : हाँ...हाँ...हम भी नहीं आयेंगे और सुनो...किसी दूसरी बस को भी नहीं आने देंगे। *(ढाबा मालिक इस अप्रत्याशित निर्णय को सुनकर घबरा जाता है।)*

ढाबा मालिक : *(खिसियानी हँसी हँसता हुआ)* हैं...हैं...हैं...अरे नहीं ड्राइवर जी...मैं तो ऐसेई मज़ाक कर रहा था। *(लकी से)* अरे बेटी, जो आप कहोगी मैं वही करूँगा।

लकी : तो सुन लीजिये अंकल! ठीक से खाना, कपड़े और कम-से-कम पचास रुपये रोज़।

ढाबा मालिक : पचास!...पचास तो बहुत ज्यादा हैं।...हैं...हैं...हैं...!

लकी : बहुत नहीं हैं, ठीक हैं। और हाँ, ये भी वादा कीजिये कि आप इसे पढ़ाओगे-लिखाओगे भी ताकि बाद में बहादुर कहीं ढंग की नौकरी कर सके।

ढाबा मालिक : हैं....!

लकी : बोलिये-बोलिये।...और ये भी वादा कि इससे प्यार से काम लोगे, मार से नहीं।

ढाबा मालिक : *(हाथ जोड़कर)* अच्छा दादीऽ!...वादा करता हूँ।

लकी : पक्का? मन से?

ढाबा मालिक : हाँ दादी जी, पक्का...मन से!

लकी : तो लीजिये इसे गले लगाइये।

ढाबा मालिक : *(मजबूरी के भाव के साथ)* आ भई बहादुर, आ जा। लग जा गले।

(सबके चेहरे खिल उठते हैं। बहादुर के आँसू भरे चेहरे पर भी खुशी की लहर पसर जाती है।)

लकी : अब हम भी वादा करते हैं अंकल, कि आगे से आपके ही ढाबे पर रुका करेंगे।

ढाबा मालिक : तो आइये अब...आप सब खाना तो खाइये।

लकी : अंकल मँगवाइये खाना...लेकिन...मार से नहीं प्यार से!

(सभी एक साथ ठठाकर हँस पड़ते हैं।)

ढाबा मालिक : *(बहादुर से)* ला भई ऑर्डर बहादुर!

(बहादुर अँगोछा सँभालकर किचन की ओर जाने को होता है।)

बहादुर : *(खुश होकर रहस्य-सा प्रकट करते हुए मध्यम स्वर में)* लकी दीदी...मार से नहीं प्यार से!

(सभी हँसते हैं और एक साथ फ्रीज़ हो जाते हैं।)

(लाइट्स ऑफ़)

(पटाक्षेप)